天命を楽しむ

池澤正夫

ふらんす堂

天命を楽しむ＊目次

十句抄　5
句　平成の巻　9
正夫の下町すごろく　75
句　令和の巻　79
句の背景　103
芭蕉の蛙／丹波と行く年／源吾と光秀／桃源郷
お傘と申す／胡蝶の夢／大政奉還
句のいのち　113
一足す一が十にも百にも
句の旅　119
艶と無常　～「おくのほそ道」を旅して～
ある名もなき男の履歴書　129
あとがき　141
著者略歴

池澤正夫

天命を楽しむ

十句抄

戦なき世こそ浄土や年明くる

春光や子の孝行に身を預け

お中日子の小言聞く卒寿かな

武漢三鎮侮り難き春の風邪

天命といふ安らぎや夜に釣る

かたつむり歩み来し枝天に切れ

長城は龍の背中か天に月

桐一葉我にもありし花のとき

特攻の死出の旅路を鶴渡る

白菜の尻楊貴妃よりも白し

句　平成の巻

平成一五年

豆《と》満《まん》江《かう》帰去来といふ声凍る

残雪の峰みな富士へ相向ふ

帰る鳥双眼鏡で引き戻す

六月の摩文仁の風は泣くばかり
あめんぼう水の上とは思はれず
平成を昭和で数へ敗戦忌

満月に垂るる火星の耳飾

咳一つそれも言葉に老夫婦

大夫老い人形泣かす近松忌

年の瀬や釣銭籠のゴム伸びる

山河の威儀を正して年迎ふ

平成一六年

古き良き昔のままに枯れの宿

春潮の満ちて男子の生れけり

おむすびに母の力や風薫る

凡人は松に凭《もた》れて三尺寝

馬道や猿若町や古地図紙魚《しみ》

せきれいの水面に掬ふ己が影

襲名の幕間の席の秋扇

秋の試歩縋るものみなたのもしき

ありがたうの病棟に満ち冬ぬくし

寒立馬一寸先は崖に立つ

平成一七年

ランドセルに親の望みを負ふ四月

陽炎《かげろ》へる折鶴天に爆心地

心太《ところてん》介護する身に慣れきれず

大花野なにも冥土に行かずとも

新盆の仏笑つてゐるばかり

独り居の三日目となるおでんかな

妻逝きし月日数ふる柚子湯かな

初七日の冬三日月の刃のこぼれ

妻逝くとある古暦捨てがたし

平成一八年

賀状来る身に引き戻す遠き人

初明り産院覚ます嬰《やや》の声

絵のごとき枯蟷螂の命かな

春大根きざみ婚家に染まりゆく

夫婦てふ奇しき縁や夕桜

葉桜や遺影に留守を頼みゆく

片恋の苺をつぶす吐息かな

靖国や兵も見上げし秋の月

秋風がつなぐ仁王の阿《あ》吽《うん》かな

数へ日や独りなる身の置きどころ

三伏の亀首入れて石となる

平成一九年

煩悩を護摩の火に焼く夏《げ》行《ぎやう》僧

万巻の書や図書館の昼寝人

香水の似合ふ女のふしあはせ

さりげなく秋思を眉に引く女

ちよい悪の老人閑居蚯蚓鳴く

石仏の石を忘るる小春かな

青春をほどくがごとく毛糸解く

十二月八日もののふ生きて老ゆ

行く年を連れて天馬の北帰行

平成二〇年

極彩の模様無にして独楽廻る

夢ならば君が初髪にも触れん
花散るや水になりゆく鯉の群れ
彼岸には墓に戻れよ千の風

薄暑来て昭和の女着崩れず

風鈴や好みの風を誘ひ鳴る

炎昼の裸婦像に触る冷たさよ

こんな世のために死にしか蛍消ゆ

神の留守妻の留守にて悪巧み

千両のこぼれて江戸の酒亭旧る

平成二一年

松過ぎの陽を輪につなぐ鉋屑

江戸凧の武者の目ぎよろり売れ残る

みだれ髪奢りの春に身を任す

氷菓喰む少年の日は雲の果

桜桃忌放蕩無頼の振りをして

黄昏の街江戸となる川開き

十月の鼻をくすぐる写楽の目

子泣く秋たまには母も泣かせてよ

散る紅葉天蓋にして地蔵尊

平成二二年

初富士に高く被せる投網かな

初日の出アジアは虎の形なす

亡き妻とわが影と酌む年の酒

紙を漉《す》く水の機嫌をあやしつつ

囀りを天に放つや大欅

幸せよ少し嘘言ふ夜の薄暑

朝涼しなにもなかつたかのやうに

汗拭ひ花街行けば禅の寺

勇より歳三が好き蟬しぐれ

忘却は救ひかも知れず秋暑し

碩学の石に躓く良夜かな

獅子舞に嚙まれめでたき赤子の手

平成二三年

老いてなほ花の残れる人や春

大地震《なゐ》や普段着のまま卒業す

地震激し春の虚空に四肢支ふ

春の泥掻き分け誰カ居リマスカ

大地震の余震列島寒戻る

銭湯の富士輝けり昭和の日

下町は奥まで見えて蚊遣香

新茶汲むいつしか古き女房かな

黴拭けば青春の日のままの靴

敬老の日や志ん生の艶話

朝寒や微かな傷を剃り残す

秋出水人形流る目を開けて

平成二四年

ふるさとの母の貫禄鏡餅

亡き妻に同窓会の賀状来る

初不動五臓六腑を裂く太鼓

寒鯛の値札咥《くは》へて尾の跳ぬる

鉄棒の匂ひを握り卒業す

昭和失せず三月十日あるかぎり

銭湯に昭和をくぐる春暖簾

恋多き女も老いぬ花を恋ふ

玉葱や泣かぬ男が泣いてをり

葡萄喰むプラトンの知を吸ふごとく
桃喰みて菩薩のごとき老《おい》の顔
桐一葉あなた一人で逝《ゆ》けますか

冬麗の径《こみち》の粋な別れかな

美少年屠蘇から覚めて八十路かな

平成二五年

睨《にら》まれて邪気の消えゆく初歌舞伎

新春や北斎の濤天摑む

妙齢の膝崩れたり初歌留多

さよならは氷の刃春浅し

身を寄せて蛤二つ椀のなか

死はこはくないと力むや利休の忌

明け易し橋の形に灯の残る

日盛りのベビーカーより嬰の足

鰻屋のうの字切り裂く紺暖簾

さよならは未練の反語明け易し

百千の霊に一灯盆の月

介護てふ生前供養石蕗《つは》の花

勇忌や枕に水を聞く祇園

冬の雲ビルの小窓の玻璃つなぐ

幸せは十指の動き毛糸編む

平成二六年

七日粥ありがたうの語が切なくて

振り向けばまだ振つてゐる春帽子

雪解川孤舟簑笠の翁釣る

蝌《くわ》蚪《と》の紐何を書くやら古都の池

人老いて蟬のひと日のごと生くる

短夜の女が纏ふ男物

炎昼の野は天地の音を断つ

夏芝居作り阿呆の吉右衛門

亡き妻とその後を語る秋彼岸

浮き世絵の女の吐息西鶴忌

マネキンのどれも坊主や冬コート

浅草の風は饒舌酉の市

金盃に酒の溢るる淑気かな

平成二七年

千代の松十三間の白障子

涅槃西風戦艦武蔵錆《さ》びし海

卒業や眉太き子ら恐るべし

学帽を天に預けて卒業す

佃島江戸と変らぬ朧月

宍道湖の白《しら》魚《を》舟より天守閣

薫風やまづ樹の声を聞く庭師

聖路加へ渡る佃の祭笛

待つといふときめき秘めてをみなへし

平成二八年

人呑みし罪を背負ひて山眠る

介錯をせよとばかりに冬椿

木の芽晴センター試験を解くや古希

初恋の人の白髪や亀鳴けり

百千のいのち蠢《うごめ》く夏の砂州

パナマ帽わが人生の花のころ

また会ふと棺の手握る麦の秋

校長のやうな人餡蜜を運び来る

作業衣の二の腕灼けし優男

青嵐六方飛びの鉋屑

折鶴は生きし日の数原爆忌

生き上手また死に上手菊日和

秋澄むや天に彫られし富士の山

煮崩れて鰤大根の味深む

平成二九年

初ゴルフ天に彫られし富士に打つ

鈍行の停まる優しさ春の駅

木蓮の香にひとり解く夜の髪

三月十日忌日同じき塔婆かな

目借時老眼鏡は鼻の先

一握の塩花と咲く五月場所

夏帯をきりりと老いのかしこまる

炎昼や火傷承知の恋をして
つまらねえ奴にも似合ふサングラス
炎昼の血圧下ぐる深呼吸

野菊摘む卒寿を見せぬ立ち居かな

亡き妻のたつた七泊秋彼岸

意地通す野菊を抱きし君なれど

蓑虫の糸一本に吊るいのち

千両の実を五両ほど零《こぼ》しけり

屏風絵の続きや庭の冬至梅

平成三〇年

茶を点《た》てて七草の閑引き戻す

七草や老の寂しき長電話

待つといふ幸せ知りぬシクラメン

人恋うて人を恐るる孕み鹿

裏山は鳥獣戯画の立夏かな

風薫る加賀よりひやくまん穀といふお米

浮世絵の写楽のまなこ暑苦し

竹林と光分け合ふ若楓

どこよりも深川が好き鰻食ふ

斑鳩《いかるが》へ一里の古宿明け易し

亡き妻を呼べば風鈴応へけり

父の愛知らず蓑虫縋る糸

古書店主骨董のごと鰯雲

お局の素顔やさしき十三夜

正夫の下町すごろく

◆隅田川七福神
毘沙門天（威光）多聞寺
寿老神（寿命）白ひげ神社
福禄寿（人望）百花園
弁財天（愛敬）長命寺
布袋尊（大量）弘福寺
恵比須（清廉）｝三囲神社
大黒天（有福）

花の雲言問だんご桜餅　子規

言問や小春日和の都鳥　鬼魚

桜餅食ふて抜けけり長命寺　虚子

まづのどをしめす茶であり桜餅　万太郎

墨堤の常夜灯

江戸名所図絵
官府の命あって、三囲稲荷の辺より木母寺の壁まで、堤の左右へ…と

◉集合・出発

百花園
見に行くや野分のあとの百花園　子規
文化年間　佐原鞠塢開く
扁額「花屋敷」蜀山人
春夏秋冬花不断
東西南北客争来
お茶きこしめせ梅干もさふらふぞ
せりなずなごぎょうはこべら
ほとけのざすずなすずしろ
これぞ七草
とりどりに色あかれなる秋草の
花をゆすりて風吹きわたる　左千夫

墨堤
蝸牛庵
春の墨堤　幸田露伴
堤いまだたたず土なお湿りたる暁方花の下行く風の
裸元に冷やかなる噂のそぞろ歩き、
雨に名所の春も悲しき闇の中を街灯遠く吾妻橋まで花かくれに連なれるが見えたる
右いづれか嬉しかるべき、

長命寺
寛永年間　家光鷹狩り
腹痛が住職奉る井戸の水でなおる
名を長命寺とする
いざさらば雪見にころぶ所まで　芭蕉
笠の小文にあり尾張熱田での作
墨堤雪景色にちなみ建てられたものであろう

三囲神社

好色院道楽宝梅居士
境内にあるこの碑を探し当てたんは……

弘福寺
ぐふくじ
牛頭山　禅宗
井伊大老の墓
かつて森鴎外の菩提寺

三囲神社
三囲前
山谷堀口への渡し
竹屋

榎本其角（芭蕉の高弟）
宝井とも言う
夕立や田をみめぐりの神ならば
元禄六年夏六月
早稲酒やきつねよび出す姥がもと

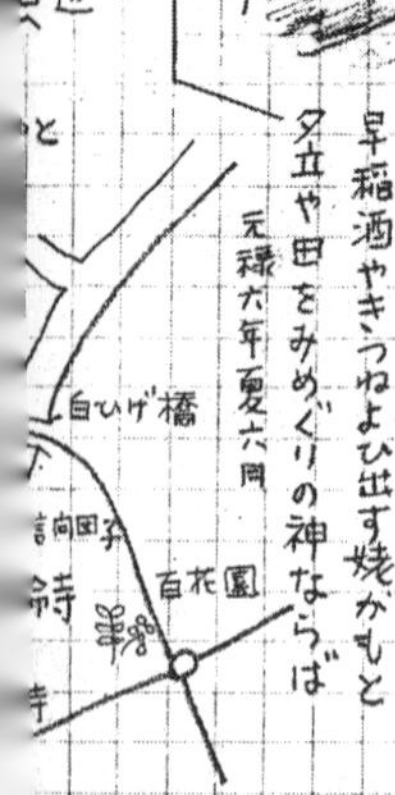

●曳舟川今埋められて道路
あかしやの金と赤とが散るぞえな
かはたれの秋の光に散るぞえな
片恋の薄着のねるのわがうれひ
曳舟の水のほとりをゆくころを
やはらかな君が吐息のちるぞえな
あかしやの金と赤とが散るぞえな
（白秋「片恋」）

全行程　休憩を除
歩く　約2.5km
雨天の場合、コース
時間短縮

一言問団子㊡——
神社——牛島神社
天——猿若三座跡
——二天門——
寺——伝法院——雷門

浅草寺
いいお話があります。
ここは住職田中昭徳師のありがた
川端康成「浅草の九官鳥」
「大昔の大名の屋敷へでもまぎれこんだ夢のような庭。ごみごみした浅草の真中にあるんだから不思議だわ。何だか気恥しいように静かだわ。あひびきしたいわね。」

●深川八景
永代の帰帆
八幡の晩鐘
仲町の夜雨
櫓下の夕照
石場の暮雪
新地の晴嵐
佃町の落雁
洲崎の秋月
いき・つう・さび

◆江戸文学
義理・人情
判官びいき
金銭感覚
好色・享楽
勧善・懲悪
洒落・滑稽

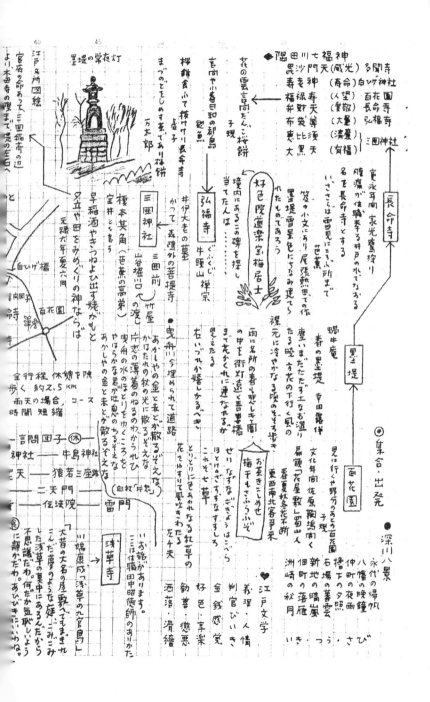

く幽艶賞するに堪えたり

土手三里花をはなれぬ雨夜哉　子規

牛島神社

牛の御前　すさのおのみこと

石の牛の木陰にあへぐあつさ哉　子規

名にしおわばいさ言問わん都鳥わが

向島

正夫の下町すご

▼浅草いろは歌留多

い　今はおかし隅田川の白魚
ろ　六区に偲ぶロッパ・エノケン
は　橋のたもとの駒形堂
に　仁王門名前が変わって宝蔵門
ほ　宝蔵門の大わらじ
へ　弁天山の除夜の鐘
と　酉の市、歳の市
ち　地下鉄の始まりは浅草から上野まで
り　「力ちゃん」田谷の浅草オペラ
ぬ　「濡れ仏」二尊仏
る　留守居にとどく出前そば
を　老いの手あわせて観音参り
わ　笑って泣かせた五九郎・デン助
か　雷門、宝蔵門、二天門
よ　横丁から三社のみこしかつぎ出す
た　だれを待乳山の二股大根
れ　煉瓦づくり凌雲閣は十二階
そ　相輪かがやく五重塔
つ　日本堤をつたって吉原通い
ね　根っからの浅草っ子
な　仲見世なつかし石だたみ
ら　らう屋の通る裏通り
む　無声映画の弁士塚
う　埋められたひょうたん池

ゐ　居つづけ吉原のお大尽
の　軒に吊したお祭提灯
お　花魁揚巻、小紫
く　熊手、お多福おとりさま
や　やさしい浅草の灯
ま　松屋二階から出る東武電車
け　芸をみがいて浅草六区を出る
ふ　風鈴すずし植木市
こ　今年もそろって初詣
え　「エートピーチェスL」SKD
て　手作りの味老舗の味
あ　あわしまさまの針供養

さ　三社祭のみこしの勢ぞろい
き　消えた町名象潟・馬道・猿若
ゆ　浴衣かけてほおずき市
め　目にあでやかな羽子板市
み　都鳥いざ言問わんと業平朝臣
し　十八日は観音様の御縁日
ゑ　絵馬につたわるひとや伝説
ひ　久しぶり子どもころの花屋敷
も　木馬館の安来節
せ　聖観音宗大本山
す　隅田川東へ渡れば向島
ん　運は大吉おみくじ一本

言問橋

花の碑

春のうららのすみだ河
上り下りのふな人が
かいのしずくも花とちる
眺めをなににたとふべき

武島羽衣詞
瀧廉太郎曲

●東京景物詩
白秋と両国

花火があがる。
薄い光と汐風に、
義理と情の孔雀玉……
涙しとしとちりかかる。
涙しとしと爪弾の
歌のこころにちりかかる。
うちわ片手のうしろつき
つんと澄ませどあのように
舟のへさきに散りかかる。

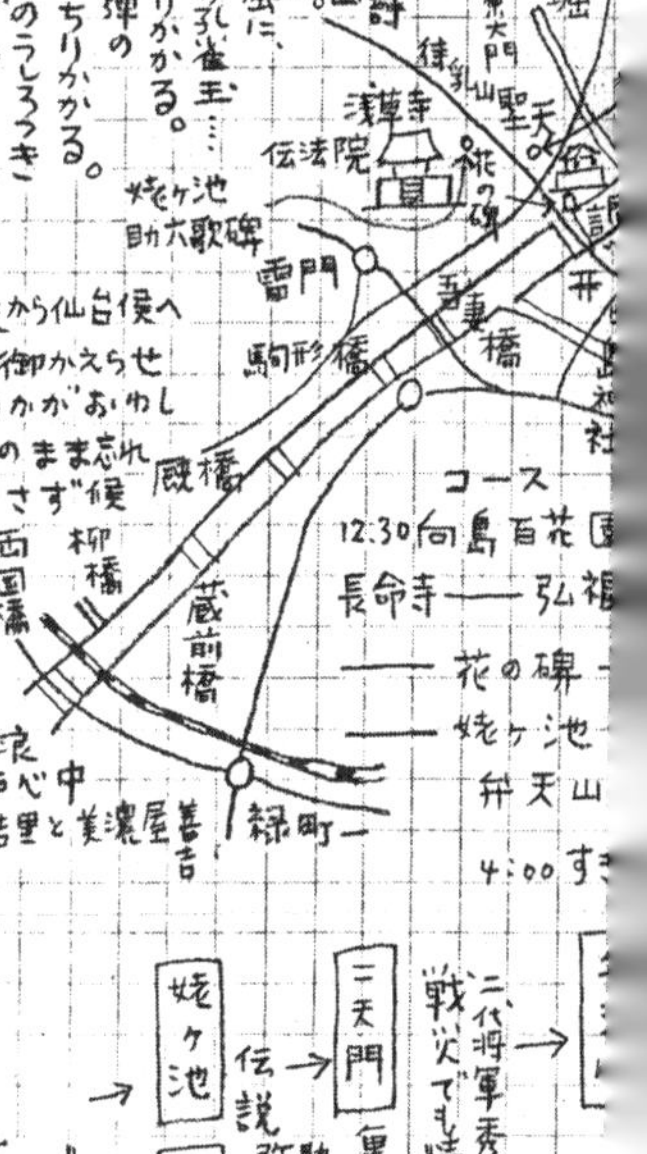

●駒形
吉原遊女高尾太夫から仙台侯へ
ゆふべは波の上の御かえらせ
お館のしゅびいかがおわし
まし候や　ごげんのまま忘れ
ねばこそ思い出さず候
かしこ
主はいま
駒形あたり
ほととぎす

コース
12:30 向島百花園
長命寺――弘福
――花の碑
――瓢ヶ池
弁天山
4:00すぎ

広津柳浪
今戸心中
吉里と美濃屋善吉

今戸

浅草寺境中に属す

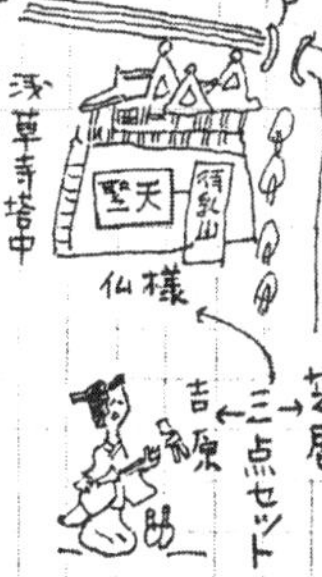

三点セット → 吉原 → 芝居

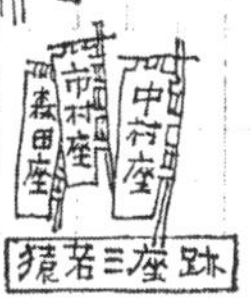

猿若三座跡

瓢ヶ池
助六歌碑
助六にゆかりの雲の紫ぢ
外なり　団洲

伝説
弥陀の利剣で鬼は

二天門
重要文化財

二代将軍秀忠建立
戦災でも焼け残った

ふたまた大根ときんちゃく

あはれとは夕越てゆくんも見よ
まつちの山に残すことのは
戸田茂睡

真土山夕越え行きて廬前《いほさき》の
角太《すみだ》河原にひとりかも宿《ね》む
弁基《べにき》（万葉集）

句　令和の巻

令和元年

戦なき世を継げ令和初明り

北斎の夕立を今に湖光る

中世を今に吉野は葉桜に

火に逐はれ天を真探る松毛虫

蒼天へ嘶《な》くや未来の競《きそ》ひ馬

亡き妻と見紛ふ娘薄暑の夜

罪も罰も男が背負ふ花石榴

令和炎《も》ゆ開く晶子の反戦歌

古地図手に隅田八橋都鳥

雪女に抱かれやうやく熱下《さが》る

夫婦老い愚痴を言ひつつ餅焦《こが》す

呼び合うて湿布貼り替ふ老いの冬

みな年の瀬の顔となる渋谷かな

令和二年

元朝の海に流るる富士の裾

いにしへの春に出会ひし吉野かな

卒業や教師の笑みに淡き悔

穏やかなおでこ選んで春の蠅

死は花の下のみならず西行忌

薄氷を跨いで行く子踏み行く子

いのちなき砂より浜昼顔の紅

蛍舟船頭老いて孫と漕ぐ

祭の子母の口紅ほしいまま

炎昼の乱世呑みこむ大欠伸

生身魂《いきみたま》明日を知らねば生き易し

介護五の媼も屈む魂《たま》迎《むかへ》

お若けえのお立ちなせい敬老日

父でもありし母の生涯秋澄めり

湯豆腐の湯気にほぐるる江戸言葉

老いぬれば子に従ひぬ小六月

能楽師老いぬ不覚のくさめして

飛石に落ち葉が隠す男下駄

山頭火行くや枯野の音を抱き

令和三年

初夢や杜甫を吟じて杜甫となる

冬麗や若冲の絵の謎を解く

大鮪口開けしまま首落とす

昭和の日昭和の人と惜しみけり

筍や小仏のごと掘られけり

梅雨晴間転び上手と自嘲して

座禅の子目のきよろきよろと蟬しぐれ

ワクチンのあらなんともなや鮨旨し

深川の夕焼はまづ霊《れい》巌《がん》寺

再婚の共に幸せ実千両

冬ぬくし子の孝行にある個性

天に星地にコロナ禍のクリスマス

令和四年

天守閣仰げば更に初御空

初寅や白寿背負ひて年男

寒菊のなほ匂ふごと老生くる

菜畑の高さに安房の青き海

蕗の薹この世を覗くこと一寸

春しぐれうつらうつらと鬼瓦

体操の着地のごとく春に逝く

春浅し殉国といふ語を今に聞く

侮りし無為といふ日のあたたかし

長生きも苦楽半々水温む

百千の流れ弾避け鳥雲に

夏の夜老父の声を覗く風呂

五月晴亡き妻に謝す子の孝行

Ｂ29の通りし山河雁渡る

門くぐる尼僧に縋る牛膝《ゐのこづち》

明治座に泣きに行きたや八重子の忌

心あらば秋風コロナ吹き飛ばせ

鶴渡る青を極めし日本海

夫《つま》がゐるまだ死ねませぬ冬うらら

老いの身に覚悟などなし小六月

娘《こ》に髪を切らるる音や小晦日《こつごもり》

寒椿白寿に近きいのち濃し

句の背景

芭蕉の蛙

「古池や蛙飛びこむ水の音」について正岡子規の、この句、表面に現れた意義以外に何ものもない、俗宗匠輩がその深遠さは俗人には分からぬとして説明しないのは、自家の本尊をゆかしがらせて俗人をだますものだ……(「古池の句の弁」)に接したときは、俗人である自分に安心したものだ。又、横井也有《よこいやゆう》の「百虫譜」に「古池に飛んで翁《おきな》の目さましたれば、此物の事さらにも謗《そし》りがたし」と戯画化されて、芭蕉の蛙もまあこんなものかとも思った。

しかし、蛙を単なる客観的な動物としてではなく、日本人に共通する、伝統的な美的心情の染みついた季語としてとらえるに至って蛙の存在が急に重くなった。つまり、蛙が春の季語であり、しかも仲春から晩春にかけていわば「蟄虫咸《みな》動き、戸を啓《ひら》きて始めて出づ」（礼記・月令篇）る候のものであることを知ってこそ、この句の持つ古池の静に対する陽春万物の動の気配を感じることができる。そこに蕉風開眼へのなぞ解きがあると思われる。

丹波と行く年

前章で述べた季語の大切さにかかわる「去来抄」の話。芭蕉の「行く春を近江の人と惜しみける」の句につき、「近江は丹波に、行く春は行く年に置き換えても同じだ」という尚白の非難に去来はこう言った。「行く歳近江にゐたまはば、いかでかこの感ましまさん。行く春丹波にゐまさば、もとよりこの情浮かぶまじ。風光の人を感動せしむること、真なるかな」と。「対象を表す動かぬ一語であるか」は、当時、句評の一つの基準であった。ここでも去来は景と情との絶対的結び付きと実体験を重視する「即興感偶」を唱えているが、芭蕉は更に自己の実感と古人の伝統的な詩情との重なりを求めた。「近江の人」は門人であると同時に代々近江の春を愛してきた古人たち、つまり風雅の友なのである。芭蕉が近江の風光に触れ古人の伝統的詩情につながる感動を得たことは、とりもなおさず近江が持つ、永遠で普遍的な生命を把握したことにほかならない。

源吾と光秀

赤穂浪士の一人大高源吾は、雪の橋上で会った師匠宝井其角の「年の瀬や川の流れと人の身は」の句に「あした待たるるその宝船」と付けた。吉良邸討入前夜のことである。

そう言えば、本能寺襲撃を前に明智光秀は愛宕山で連歌の会を催し、自ら発句を「時はいま雨が下しる五月かな」とよんだ。時とは光秀の先祖土岐氏のこと、雨が下は天下、しるは識る、つまり天下を取るという意味である。両者は短い句に、重大な決意と万感の思いをこめた。

桃源郷

美濃派の祖、各務支考《かがみしこう》の句「船頭の耳の遠さよ桃の花」の桃の花には、美しい花園というより、あの「帰りなむいざ」で有名な中国の詩人陶淵明が「桃花源記」に書いた仙境がよく似合う。そこに在るのは俗世を超越した長寿の人たちののどかな生活である。紆余曲折を経ても人はしょせん帰るべきところに帰る、まさに「山気日夕ニ佳《よ》ク、飛鳥相与《とも》ニ還ル、此ノ中ニ真意有リ、弁ゼント欲シテ已《すで》ニ言ヲ忘ル」(「飲酒」)の境地。花びらを盃に浮かべ、独酌の酔眼に微笑する陶淵明の姿を想像すると、たとえひと時でも高齢化社会がそんなに深刻でなく思えてくる。

お傘と申す

江戸中期の俳人炭太祇《たんたいぎ》に「玄関にてお傘と申す時雨かな」の句がある。客が帰ろうとして遭った時雨の句である。「あいにくですね。すぐにやむと思いますが。古い傘ですがお持ちください。返していただかなくても結構です」、よくある日常の光景。幸田文はこの句を取り上げ「時雨という性急なわがままな雨と、人の物腰の優しさとで、木材建築の玄関の閑素な柔かさがはっきりと写されている」(「表と裏」)と書いている。「時雨」の持つ伝統的な詩情を、日本家屋の玄関にある優しさに転じたところがおもしろいと思う。

胡蝶の夢

昔、荘周夢に胡蝶となり、天地の間に舞い戯れて生の愉悦を得た。はっと覚めると、そこに在るのは紛れもない荘周という自分である。蝶が夢で自分になったのか、自分が夢で蝶になったのか分からなかったと「荘子」にある。蝶がおのれかおのれが蝶か、こんな酔生夢死の境地をうらやんでいたら、与謝蕪村の「うつつなきつまみごころの胡蝶かな」の句に出会った。この句、風狂が支える蕪村の白日夢、「胡蝶が羽をおさめてとまっているのをつまんだときの心持ち」とも「蝶が草葉をつかんでとまっている夢見るような姿」とも、古来いろいろの解釈があるのも「夢」にふさわしい。

大政奉還

　同じく蕪村の「牡丹切つて気の衰へしゆふべかな」の句には、ある人の所望で牡丹一輪を切ったものの、その切り花の衰えにわが身まで気が抜けてしまったという、花への哀惜と放心の気持ちが表れている。高浜虚子の「十五代将軍」によると、虚子からこの句を示された徳川慶喜が「ただ思い立って切ったというのではなくて、朝から切ろう切ろうと思っていたのを夕暮れになって、ようやく思いきって切ったという、そこの心持ちがおもしろい」と、大政奉還を回想しながら語ったとある。優れた解釈というより、大河ドラマの一場面に入れたいような話である。

句のいのち

一足す一が十にも百にも

日本人には古来大を小にする優れた技術があると言われる。涼を起こす扇子も閉じれば掌中に入り、背に重き荷を包む風呂敷もたためば懐に入る。人類が初めて作ったコンピューターは百畳敷の広さだったが、現在これと同じ性能を持つマイクロチップは五ミリメートル四方の回路である。僅かな空間に目くるめく巨大な量を詰め込む技術もまた日本のお家芸だ。俳句は日本独特の短い季節詩だが、僅か十七文字の中に無限の思いを盛り込むことができる。この意味で俳句は、小説に負けることなく、文芸における最小のマイクロチップたらねばならぬと思うのだが少し大げさであろうか。

量だけではない。これ以上単純で、これ以上優雅であることは不可能とタウトが感嘆した桂離宮の解体修理工事に当たり、できるだけもとの材料を使い、壁土も再利用して出来上がったその姿は、以前と寸分も違わぬものであったという。簡素の美を支えているのは、目に見えぬ内部のぜいたくさだ。俳句は短いからだれにでもすぐにできる。しかし、本当に俳句が好きな人はいつも何かを見ている。話をしても語いを自由自在に使いながら、しかも簡潔で本質を逃さぬところがある。心が貧しくてはできぬことだ。俳句と桂離宮には共通点がある。私も「生ビール少女は淡き悔に酔ふ」とか「かたくなに余生を任す籐寝椅子」と、若者のあるいは老人の、長い物語の果てをよんだつもりだが、物語が果たして膨らむか自信がない。

東洋の漢詩は「ただ二十字のうちに優に別乾坤《べっけんこん》を建立している」と

漱石は「草枕」の中で言ったが、僅か五七五の文字に森羅万象の一瞬一場面を盛り込もうとすることは大変なことで、それだけに奥が深いとも言える。句作では、できるだけ不要なものを削ってここ一番を残すという創作力が勝負なのであるが、このことは、俳句の生命が、表れた言葉の意味・内容に在るのではなく、それが互いに響き、匂い、映り合って膨らむ行間の情景や感情・感覚の世界に在ることを言っている。つまり一足す一が十にも百にもなるのである。だから、俳句を現代語訳しただけではおもしろみがない。

句の旅

艶と無常　～「おくのほそ道」を旅して～

芭蕉の俳風は、延宝《えんぽう》期、貞享《じょうきょう》期、元禄期と大別されるが、蕉風確立以後の風狂から艶へ、更に軽みへと変わっていく俳風は俳諧七部集に見ることができる。従って、芭蕉の艶なる句を探すには、七部集の連句における恋の付け句に当たるのが適当である。例えば「冬の日・こがらしの巻」に「髪はやすまをしのぶ身のほど」――剃った髪ののびるまで人目を避けて隠れている境遇である――という雑の恋の句がある。野水《やすい》の「わがいほは鷺にやどかすあたりにて」を受け、やどかす人をただの出家、隠棲の人とせず、ゆえあって還俗《げんぞく》し里に住む風流な匿《かく》まい人と見立てたところに艶がある。また、「きぬぎぬの別れ」

は恋にはつきものだが、芭蕉にも越人と巻いた連句に「足駄はかせぬ雨のあけぼの、越」「きぬぎぬやあまりかぼそくあでやかに、芭」「かぜひきたまふ声のうつくし、越」（曠野《あらの》・鴈《かり》がねの巻）とあり、ちりの「殿守がねぶたがりつるあさぼらけ」の付け句に「はげたる眉をかくすきぬぎぬ」（鶴の歩み・初懐紙）がある。

芭蕉において、艶と結びつく風狂とはどのようなものであろうか。通俗的な宗匠の生活を捨て風雅の道に生きようとした深川転居のころの芭蕉に、「雪の朝独り干鮭《からさけ》を嚙み得たり」の句がある。この句にこめられた反俗精神は、「野ざらしを心に風のしむ身かな」（野ざらし紀行）や「狂句木がらしの身は竹斎に似たるかな」（冬の日）のような、旅に風雅を求め、野におのれの骨をさらすのだという風狂宣言、俳諧を狂句とし、社会に役立たぬ無用のものであるゆえに真の芸術であるとする信念につながっている。「笈の小文」の旅になると、その前の悲壮な風狂の旅とは違い、門出の「旅人と我が名呼ばれん初しぐれ」の句が示すように、旅にあることを生きがいとする落ち着いた心が見られるようになる。しかし芭蕉は、今度は肉親も知人もおらず、交通も険しい「おくのほそ道」の旅に出ようとした。旅の途中で死んだ敬愛する先人たちの境涯にならって、自分も一所不在、雲水の身として自然の中に漂泊し、旅の中に風雅の極致を探ろうとしたのである。もっとも、世俗の外に身を置き、蕉風俳諧の中心理念とした反俗・風狂の精神が、そのことによって世間の評価を高め、名誉や地位を与えられるということとの矛盾に気付き、そこから脱却しようとするところに「おくのほそ道」の旅の動機があると見る説がある。

最初に挙げた恋の句はいずれも風狂時代のものである。芭蕉は恋の句に巧みであったと言われるが、恋を人情の極致として重んじているところ、徒然草で恋の名場面を書いた兼好法師を思い出させる。連句の作法で、月・花の定座と並んで恋の句も二句以上詠むことになっているのも同じような意味である。しかし、芭蕉の艶なる句は連句の付け句だけでなく「おくのほそ道」にもある。芭蕉が風狂を求めるなかでなお男女の情に深い情趣を感じていたことは、「閉関の説」において「色は君子のにくむところにして、仏も五戒のはじめに置けりといへども、さすがに捨てがたき情のあやにくに、あはれなるかたがたもおほかるべし」と言っていることでも分かる。

象潟《きさかた》において芭蕉は、干満珠寺の方丈に座してその風景を松島と比較し、「松島は笑ふがごとく、象潟はうらむがごとし。寂しさに悲しみを加へて、地勢魂を悩ますに似たり。象潟や雨に西施がねぶの花」

と書いている。男女が歓びを合わすという意味の、夏、淡紅色の花を咲かせ、夜その葉を閉じるという合歓《ねむ》の花が、やさしくあわれに雨に煙っている風景には、中国の美人西施が憂いに目を閉じた面影があるというのである。美女は傷心によって一層その艶を増す。また、市振の関において芭蕉は、「一家に遊女もねたり萩と月」の句を残している。西行と江口の遊女との一夜の宿りの話を頭に置き、連句の恋の座に当たる場面をここに置いて、全体の流れに恋のいろどりを添え旅のあわれの一つとしている。

艶といっても、風狂に生きる芭蕉に現代的な華やかさは結びつかない。その艶は、雨にむかって月を恋い、逢えずに終わってしまった心の憂さのあわれさや、折りふしの移り変わりに見る「もののあわれ」を伴っているように思う。現に西施は、越王勾践《こうせん》の寵妃であったものを敵の呉王夫差に献じられたという薄幸の運命を背負っている。また、浮世離れして風狂に生きる芭蕉と、現世の苦しみを抱えてひたすら生きている遊女とのめぐり合わせを、萩と月の取り合わせという自然の景に仕立てるのは、あわれのなせるわざである。

ＮＨＫの「おくのほそ道学習の旅」のお供をして芭蕉の足跡をたどったときのこと、我々が訪れた日、松島から瑞巌寺への道は時折激しい時雨が降り注いだが、雨もまたよしという風情が皆の心にあった。この風情は、無常、あきらめ、時に粋に結びつくが、むしろそれは自分の思いを十分に言わんとする過程の力、ゆとりであって、すべて言い尽くす「完成」に至る心の張りを支えているように思う。だから完成するとかえって不安になるのであって「歓楽極まって哀情多し」（漢武帝・秋風辞）というのはこの気持ちを言っている。恋もまた無常であるゆえに風狂に通じるのであろう。

ある名もなき男の履歴書

中学だけは私立で、戦争中五年間、都電で銀座経由芝まで通った。東京高等師範学校に合格したとき、母は「これでお前も一人前の先生になれるね」ととても喜んだ。私の数少ない親孝行の一つであった。間もなく文科系最後の徴兵延期がなくなり駒場の通信隊に入ったが、終戦で発信機一台と干鰊をもらって復員した。この間、羽田の軍需工場に勤労動員中、東京大空襲で母と家を失った。バラック住まいで皆飢えに苦しんでいた時であったが、闇屋にならず東京文理科大学の漢文学科に進んだ。勉強のし過ぎで少し身体を壊した。斯界の碩学竹田復教授のお情けで卒業論文「宋詞の研究」を通していただいた。

あまりに楽しかったので都立本所・深川両高校の教員で十数年を過ごしてしまった。流行の髪型で白黒のコンビの靴を履き、いささかのロマンスもあったがやがてお世話になった上司の娘と結婚した。「男世帯から家族の数を増やし、豊かな家庭を作ることが私の務め」とよく言っていたがその通りの生涯だった。本所高校の時、下町美人は我が校に集まると先輩に言われたが、深川高校に来たら又同じようなことを言っていた。向島長命寺の桜餅、浅草は待乳山の聖天様、深川不動尊の節分会などが生徒たちの背景にある。安保闘争を機にやがて大学紛争、高校紛争の時代を迎える。都立新宿高校に移ったころで、「今なぜ古典を学ばねばならぬのか」といった議論で授業がしばしば中断した。今でも高校紛争は果たして何であったのかと考えることがある。

昭和四四年、都の指導主事の試験に合格して世田谷区教育委員会に勤めた。対象は、小・中学校、私にはその経験がないので心配したが、話を聞いてくれる先生方から「学生時代に戻ったような気持ちになる」という批評をいただいた。発問・板書の仕方といった指導の技術より小説や古典、短歌・俳句に親しむような内容に重点を置いた。下町生まれの私は、しばしば成城の岡にたって、遥かかなたに広がる丹沢山塊を山の手に対する憧れにも似た特別の思いの中で眺めたものだ。東京都教育庁指導部の五年間では、東は江戸川から西は多摩の奥まで多くの学校に接することができた。生徒の投げた球が谷に落ちるともう拾えないという奥多摩の学校訪問では、お土産にいただいた名産のこんにゃくに都心にはない土着の匂いを感じたものだ。高校担当であったから後に校長になる都立小岩高校にも何度か訪問した。昭和五一年、渋谷区教育委員会の指導室長を命じられ、主として管理職・教職員の人事を担当した。議会など区の仕事と教員定期異動などの都の仕事が重なったときは多忙を極めた。主任の制度化では教員組合執行部と十数回に及ぶ話し合いで深夜に及ぶこともあった。世は低成長期に入り教員定数削減問題や同和・男女・身体障害者にかかわる差別問題への対応が急がれ、地域住民・保護者の行政の責任を問う働きかけも強くなった。このころを振り返ると渋谷界隈の華やかさも代々木公園の四季の変化も目に入らなかったような気がする。昭和五五年、都立教育研究所の学校経営研究部長になってから多少本も読めるようになった。学校や教育団体の研修会に招かれ、他人様の前でお話ししたり、雑誌に記事を書くことが一段と増えた。当時編集した著書に『学校用語辞典』（昭和六〇年三月、ぎょうせい発行）がある。毎週、東京都教育委員会の部課長会に出ていたので天下の大勢はほぼつかめた。

小岩高校長への着任は昭和五七年のことである。全日制だけでも生徒数一二五二名、二七学級、教職員六九名の規模で、二万八千平方メートルの校地には、かつて古きのどかな時代飛んでいた白鷺の化身かと紛う白亜の殿堂が陽の光にまぶしかった。この年創立二十周年記念式典が校舎改築落成を兼ねて行われた。生徒や保護者の下町気風が合ったせいか学校にはすぐ慣れた。教頭の経験はないが、学校の舵取りを巨視的に捉えることができるという点で役所の経験が大いに役立ったと思う。教員の研修日問題などで教員組合の激しい攻勢も受けたが、相手を憎んだり恐れたりすることがなかったことはわれながら不思議である。五年間の在任中、教員から毎年管理職か指導主事への昇任者が出て、組合から、後任のことも考えて余り調子に乗らないでと文句を言われたりした。学校行事の合唱祭ではもののはずみで校長講評の代わりに一曲歌ったことで変な人気が出てしまった。

　昭和六二年の定年退職後、全国高等学校長協会家庭部会に勤めたが、しばらくは事務局のある九段の岡から遥かに東空を仰ぎ、好きで別れた恋人の名を呼ぶごとくそっと「こ、い、わ」と口ずさんだものだ。折しも高校の教育課程で家庭科が男女ともに必修になるということが大きな話題になり、協会にいて受験校がこれに反対する様子などをつぶさに見ることができた。家庭科では食物、被服などそれぞれの分野に分かれ全国高校長会を名所・旧蹟の地で行うのでずいぶん旅ができた。このころ都の教育長水上忠先生からＮＨＫ学園の役職への推薦をいただいたが諸般の事情で辞退申し上げることとなった。このことは今思い出しても胸が痛む。間もなく体調を崩し同協会の事務局長を辞めた。

平成二年、東邦音楽大学から教授の口がかかったことが再びわが心を高揚させた。教職課程のシステムの充実、教育実習の運営、教員希望学生の教職援助という学務を通して、恩になった大学に少しは貢献できたように思う。中国語の教員免許状があるということで中国・台湾留学生の指導の担当にもなった。当時、教授の名刺を見せるとよく「御専門は」と聞かれた。これはピアノか声楽かというような意味で、家に帰って己の顔を鏡で見ながら少しは音楽家に見えるのかなと思ったりした。人にはよく「カラオケ科の主任教授ですよ」と言って笑ったものだ。四年間もいると甲高い声としか感じなかったソプラノの声が少しは分かるような気になってきた。この間、人は怪訝な顔をするが、日本交通安全教育普及協会（会長：後藤田正晴）の職員として、県単位で全国の高校に委嘱した交通安全教育実験校（中心は教員のオートバイの運転指導）との連絡に当たり、三年間で全国四〇校に及ぶ高校を訪問できたことは痛快そのものであった。音大退職後二つの私学女子大の講師を務めた。謝恩会で学生たちが色とりどりに着飾った華やかな光景が目に残る。

平成一一年秋の叙勲で勲五等雙光旭日章を受章した。しかし、好事魔多し、平成一三年のアメリカ同時多発テロのころから、家内を難病（アミロイドーシス）が襲い翌年五月に胃全摘の手術を受けた。その後小康を保っていたが遂に一七年八月、手術から約三年を生き永らえて他界した。最後の数ヶ月はまさに老老介護そのもので苦労した。亡くなる少し前に「お父さんはどこにも旅行に連れていってくれなかったが、たった一度天皇陛下のところにだけ連れていってくれた」と叙勲のことを言って笑っていた。生前ずいぶん憎らしいことを言ってよく喧嘩もしたが、いざ亡くなってみると悪いことは皆忘れてあの時こうしてやればよかったなどと悔悟の念のみが込み上げてくる。生前これは人からよく言われたことであるが、そうなってみて初めて分かるというものであろう。「小言いふ相手もあらば今日の月」と詠んだ一茶の悲傷が身に染みる。

妻が他界し時には落ち込むことはあるが幸い外出の機会のあることがありがたい。二〇年にわたりＮＨＫ学園の「漢詩教室」を大手町と新宿に持ち、地域や高校（都立豊島・青井・小岩とそのＯＢ会）の俳句会、区の教養講座などに講師として参加しているが、人間お声が掛かるうちが花だと思い、少しでも世のため人のため尽くしたいと思っている。平成一二年から一六年にわたり『週刊朝日』誌上にＫＫ新生通信の企画に成る全国名門高校の紹介記事を連載させていただいた。後に『日本の名門高校ベスト一〇〇』として公立高校編（平成一四年刊）、私立中学高校編（平成一七年刊）にまとめられ朝日新聞社から発売された。巻頭言「建学の源流を下る」（公立）、「名門私学の高い志に迫る」（私学）は気を入れて書いたつもりだが読者の批判に耐え得るものか今でも一抹の不安が残る。長野県松本深志高校を書くに当たり、その膨大な資料の中に、同校にその教員生命のすべてを捧げたとある高師の同級鈴木重春君の記事を発見したときは思わず拍手喝采をしたものだ。この間、朝日新聞社発行の『アエラ』に旧制高校のほか名門女子大の記事を書いた。掲載校の校長から直接お手紙をいただいたときはライター冥利に尽きると思った。このころはちょうど家内の病気の日々と重なり、夜遅くまで書いていると「お父さん、身体を壊すからもう明日にしたら。お父さんが起きていると私も寝られない」とよく言われた。

だからこの仕事の背景にはいつも妻の面影がある。

二人の娘がときどき来て料理を作り家事を整理してくれる。お婿さんが又理解のある人で、これは最高にありがたいことだ。NHK総合企画室担当部長の長男がふっと来て天下の形勢を論じて帰る。大学から小学校まで六人六様の孫もそれぞれ元気である。この上は少しでも永生きして家族の行末を見守るとともに天命のある限り人に喜ばれる存在であり続けたい。

亡き妻をこの世へ乗せて亀鳴けり　正夫

平成一九年　記

あとがき

前掲「名もなき男」も遂に百歳に垂《なんな》んとする齢を迎えた。平成とともに続いたNHK学園オープンスクールの「漢詩講座」や「池澤正夫の吟行俳句」などの講座もコロナを機会に終わりを告げた。

「東皐《とうこう》に登りて以て舒《おもむろ》に嘯《うそぶ》き　清流に臨んで詩を賦す。聊《いささ》か化に乗じて以て尽くるに帰せん。かの天命を楽しみてまた奚《なに》をか疑はん」（陶淵明　帰去来辞）と意気がっているが、寄る年波と世事の煩わしさから離れることができない。最近は亀井勝一郎の「いわば人生を耐えに耐えたあげく、ふとあの微笑がわくのかもしれぬ。……菩薩の微笑とは、あるいは慟哭と一つなのかもしれない（大和古寺風物誌）」という言葉にひかれながら、残りの天命をいかに生きるかと思いながら生きている。そんな中で今まで関係してきた「句会」の有り難さが急に比重を増してきた。

思えば都立深川高校に赴任したとき、学校が芭蕉ゆかりの深川の地に在ったこと、教科で俳句も教えなければならない国語教師である私が、当時、教員の間に盛んであった句会「東天句会」に入るのは当然の成り行きであった。私の句作の第一歩である「東天句会」は今に脈々と繫がっている。この他、現在私が関係する句会には「みずき句会」・「永良美句会」（江東区民）、「菩提子句会」（足立 青井高校関係）、「沙羅句会」（小岩高校ＯＢ句会）、「渋谷句会」（渋谷小中教員）などがあり、今やわが人生の生きがいとなっている。

わが句集の作成については、今までその器に非ずと考えもしなかったが、この度子供たちや友人の勧めもあって、「ある名もなき男の人生の記録」として作ることを決めた。長い間、他人とは思えぬ真心でお付き合いをいただいてきた多くの友人や、老いのわが身に全身全霊で尽くしてくれている子供たちに対する限りなき感謝の気持ちをその中にこめた。句は私に最も身近な「東天句会」の中から平成一五年以降のものを選んだ。読者の人生の中に共感いただくところがあれば幸甚である。

令和五年

池澤　正夫

日本の
名門高校
ベスト
100
学校用語辞典

I-linkタウンいちかわ
市川市アイ・リンクタウン展望施設
市川キッズステー
NHK学園

95さい おたんじょうび
おめでとう

著者略歴

池澤正夫（いけざわ・まさお）

大正一五年 東京深川生まれ。東京高等師範学校・東京文理科大学卒業。東京都立高等学校教諭、東京都世田谷区教育委員会・東京都教育庁指導主事、東京都渋谷区教育委員会指導室長、東京都立教育研究所学校経営研究部長、東京都立高等学校長を歴任。退職後、東邦音楽大学教授、ＮＨＫ学園漢詩・俳句講師など。

現住所 〒135－0004 東京都江東区森下２－10－２

天命を楽しむ　てんめいをたのしむ

二〇二三年一二月二日　初版発行

著　者――池澤正夫
発行人――山岡喜美子
発行所――ふらんす堂
〒182-0002　東京都調布市仙川町一―一五―三八―二F
電　話――〇三（三三二六）九〇六一　FAX〇三（三三二六）六九一九
ホームページ　http://furansudo.com/　E-mail info@furansudo.com
振　替――〇〇一七〇―一―一八四一七三
装　幀――君嶋真理子
印刷所――日本ハイコム㈱
製本所――㈱松岳社
定　価――本体二八〇〇円＋税

ISBN978-4-7814-1603-8 C0092 ¥2800E